1

Die falsche Braut von Edinburgh

Alana Gavain

© 2025
likeletters Verlag
Inh. Martina Meister
Legesweg 10
63762 Großostheim
www.likeletters.de
info@likeletters.de

Autorin: Alisa Kevano
Bildquelle: Midjourney

ISBN: 9783689490362
Alana Gavain

Teilweise kam für dieses Buch künstliche Intelligenz zum
Einsatz.

Dies ist eine frei erfundene Geschichte. Ähnlichkeiten mit real existierenden Personen sind zufällig und nicht beabsichtigt.

Inhaltsverzeichnis

Kapitel 1

Das Torfmoos dampfte im kühlen Abendlicht der schottischen Highlands, ein trügerisch friedliches Leichentuch über den alten Fehden. In der düsteren Großhalle von Torvaig Castle, wo die Schatten der Ahnenporträts länger wuchsen als die Tapeten, trank Lachlan MacTavish den letzten Schluck eines rauen, selbstgebrannten Whiskys. Der Geschmack war wie Asche und Zorn.

Vor ihm lag das jüngste Schreiben des englischen Barons Alistair Thornfield – eine dreiste Forderung nach Tributzahlungen für die Nutzung von Weideland, das den MacTavishs seit Jahrhunderten gehört hatte.

Thornfields Tochter, Lady Eleanor, sollte in wenigen Wochen einen widerlichen, aber einflussreichen englischen Herzog heiraten. Diese Allianz würde Thornfields Macht in den Grenzlanden unerträglich machen.

«Ihr spuckt auf unsere alten Rechte, Lachlan», knurrte Brodie, sein engster Vertrauter, dessen Gesicht unter einer dichten roten Braue verschwand. «Ihr behandelt uns wie Hunde, die man mit Knochen abspeist.»

Lachlans Finger umklammerten den leeren Becher. Seine Augen, die die Farbe eines stürmischen Nordmeers hatten, waren kalt.

«Thornfield glaubt, sein Gold und seine englischen Manieren schützen ihn.» Ein gefährliches Lächeln spielte um seine schmalen Lippen.

«Wir werden ihm eine Lektion erteilen. Eine, die er nie vergessen wird. Wir nehmen ihm, was er am meisten schätzt, bevor er es verschenken kann.»

Der Plan war kühn, brutal und einfach: Lady Eleanor auf ihrem Weg von ihrem Landsitz Thornfield Manor zur Hauptstadt Edinburgh abfangen und entführen. Sie als Faustpfand zu nehmen, um Thornfield zum Rückzug seiner Ansprüche zu zwingen – und ihn öffentlich zu demütigen. Die Ehre einer englischen Lady war eine zerbrechliche Ware. Lachlan selbst würde die Aktion anführen; es war ein Risiko, das seine Präsenz erforderte. Sein Ruf als unerbittlicher Clan-Chef war sein Schutzschild, aber auch sein Fluch.

Er brauchte diesen Sieg.

Wenige Tage später, verborgen im dichten Unterholz eines Hohlwegs, der die Hauptstraße nach Edinburgh kreuzte, warteten Lachlan und seine ausgewählten Männer. Die Luft roch nach nassem Laub, Pferdeschweiß und angespannter Erwartung. Die Sonne kämpfte sich durch die Wolken und warf lange, verzerrte Schatten. Dann, pünktlich wie die englische Pedanterie es befahl, tauchte die Kutsche auf – ein aufdringlich glänzendes Gefährt mit dem Wappen der Thornfields, begleitet von nur vier berittenen Wachen.

Zu selbstsicher.

Eine Beleidigung.

Der Überfall war ein kurzes, brutales Ballett. Lachlans Männer stürzten wie Wölfe aus dem Wald. Die überraschten Wachen wurden binnen

Sekunden überwältigt, einer niedergestreckt, die anderen entwaffnet und gefesselt. Die Kutsche ruckte abrupt zum Stehen. Lachlan riss die Tür auf, seine massige Gestalt füllte den Rahmen und ließ das schwache Licht im Inneren erlöschen.

Dort saß eine Frau. In einem Reisekleid aus feinem, blassblauem Damast, das Haar unter einem modischen, aber unpraktischen Hut verborgen. Sie hatte den Kopf gesenkt, die Hände im Schoß gefaltet – eine Pose der Unterwerfung, die Lachlan sofort als falsch empfand. Englische Adlige zitterten, schrien, drohten mit Konsequenzen. Sie starrten ihn mit eiskalter Verachtung an.

Diese Frau… sie saß einfach da. Stumm. Zu still.

«Lady Eleanor Thornfield», brummte Lachlan, seine tiefe Stimme ließ das Holz der Kutsche vibrieren. «Eure Reise endet hier. Ihr kommt mit mir.» Er streckte einen Arm aus, um sie herauszuziehen.

Die Frau hob langsam den Kopf. Nicht die erwarteten, blassen, aristokratischen Züge mit einem Zug von Hochmut blickten ihn an. Stattdessen trafen ihn Augen von einem warmen, ungewöhnlichen Honigbraun – weit und wachsam, ohne eine Spur der erwarteten Panik. Ihr Gesicht war fein geschnitten, aber von einer Lebendigkeit durchdrungen, die nichts Verhätscheltes an sich hatte.

Ein paar dunkle Locken hatten sich aus der strengen Frisur gelöst und küssten eine schmale Wange. Sie war schön, auf eine unerwartete, unkonventionelle Art, die ihn für einen Moment innehalten ließ.

Etwas stimmte nicht.

«Ihr seid also der berüchtigte Wolf der Highlands», sagte sie. Ihre Stimme war klar und fest, ohne das charakteristische englische Zirpen, eher wie rauer Samt.

Kein Zittern. Kein Flehen.

Nur eine kühle Feststellung, während sie ihn direkt ansah, ohne zu blinzeln. Ihre Haltung war aufrecht, fast herausfordernd, als sie seinen ausgestreckten Arm ignorierte und selbstständig aus der Kutsche stieg. Ihr Kleid raschelte leise, ein fremder Klang in der plötzlichen Stille nach dem Kampf.

Lachlan musterte sie scharf, während sie vor ihm stand, kaum bis zu seiner Schulter reichend, aber eine Aura von seltsamer Präsenz ausstrahlend. Die Kleidung war kostbar, zweifellos, aber sie saß ihr nicht wie eine zweite Haut.

Sie wirkte… unpassend.

Wie ein Diamant in einer billigen Fassung. Wo war die erwartete, schwache Blässe der verwöhnten Lady? Die Haut dieser Frau hatte eine leichte, gesunde Tönung, als sei sie nicht nur in Salons gewesen.

«Schweigen ist eine kluge Wahl, Mylady», sagte Lachlan, sein Argwohn wuchs.

Er trat einen Schritt näher, beabsichtigte Einschüchterung. Der Duft von Lavendel und etwas Frischem, wie wilder Thymian, stieg ihm in die Nase – kein schwerer englischer Parfümnebel. «Oder ist Euer Mut schon verflogen?»

Seine Hand fuhr unwillkürlich aus, nicht um sie zu packen, sondern um ihr das Kinn zu heben und ihr Gesicht besser im Licht zu sehen. Ihre Haut war überraschend warm unter seinen rauen Fingern. Sie rührte sich nicht, aber in ihren Augen blitzte etwas auf – nicht Angst, sondern Wut.

Ein gefährliches Funkeln, das ihn seltsam elektrisierte.

«Ich habe nichts zu sagen, das Ihr hören wollt, MacTavish», entgegnete sie ruhig. Ihr Blick blieb unerschrocken auf seinem. «Und mein Mut ist nicht Euer Anliegen.»

Lachlan ließ ihr Kinn los, als hätte es ihn verbrannt.

«Bindet ihr die Hände», befahl er knapp, seine Augen bohrten sich weiter in das rätselhafte Gesicht vor ihm. «Und bedeckt sie. Wir reiten. Schnell.»

Während seine Männer ihr grob die Hände fesselten und einen dunklen Umhang über ihren Kopf und Schultern warfen, blieb Lachlan stehen. Der Whiskey von gestern Abend schmeckte plötzlich wie Galle. Ein schneidender Verdacht durchzog ihn, schärfer als sein eigenes Schwert. Wen, zum Teufel, hatte er da entführt? Und warum hatte diese Frau, wer auch immer sie war, nicht geschrien, nicht protestiert, nicht ihre Identität verkündet?

Die Stille war bedrohlicher als jedes Geschrei. Vielleicht war Eleanor Thornfield doch eine größere Herausforderung, als er gedacht hatte.

Als er sie auf sein eigenes Pferd vor sich hob – ihr Körper war schlank, aber überraschend fest unter dem dünnen Damast –, spürte er die

Anspannung in ihr. Kein Zittern. Ein vibrierendes Stillhalten, wie eine gespannte Saite.

Der Hauch ihres Atems streifte seinen Hals, als er die Zügel ergriff und sein Pferd mit einem scharfen Kommando in Bewegung setzte. Sie fühlte sich nicht an wie eine Beute. Sie fühlte sich an wie ein unberechenbarer Funke in einem Pulverfass. Und Lachlan MacTavish hatte gerade begonnen, das Feuer zu lieben, das in ihm zu lodern drohte.

Kapitel 2

Der Ritt durch die dämmrigen Highlands war eine Qual aus Kälte, unwegsamem Gelände und Aileens knöchernem Schweigen. Sie saß vor Lachlan im Sattel, steif wie ein geschnitztes Bildnis, ihr Rücken eine unnachgiebige Barrikade gegen seine Brust. Der grobe Umhang, den seine Männer ihr übergeworfen hatten, verbarg ihr Gesicht und ihre gefesselten Hände, aber nicht die vibrierende Anspannung, die von ihr ausging.

Kein Wort des Protests, kein Schluchzen, nur diese eiserne, fast beleidigende Stille.

Sie roch nach Lavendel, Thymian und dem scharfen Angstschweiß, der sich trotz ihrer Haltung nicht ganz verbergen ließ. Ein Duft, der Lachlan seltsam verwirrte.

Er war Feindseligkeit und verzweifeltem Flehen gewöhnt, nicht dieser stummen, fast verächtlichen Duldung.

Torvaig Castle tauchte schließlich aus der hereinbrechenden Nacht auf, eine düstere Silhouette gegen den tiefvioletten Himmel. Die Festung thronte auf einem felsigen Vorsprung, ihre Mauern vom Wind und unzähligen Schlachten gezeichnet.

Ein Ort der rohen Kraft und unbeugsamen Stolzes, für eine englische Lady ein Albtraum. Als sie durch das knarrende Tor in den unebenen Innenhof ritten, spürte Lachlan, wie sich Aileen unwillkürlich noch ein Stück kleiner machte.

Doch als er sie vom Pferd hob, fand sie sofort wieder ihre aufrechte Haltung, auch mit gebundenen Händen. Sie warf den Kopf zurück, um die gewaltigen Mauern zu mustern.

Ihr Blick war nicht entsetzt, sondern… wachsam. Kalkulierend. Wie eine Gefangene, die nach Schwachstellen im Kerker suchte.

«Bringt sie in den Ostturm», befahl Lachlan Brodie, ohne sie anzusehen. Seine Stimme klang rauer als beabsichtigt. «Das oberste Gemach. Doppelte Wachen.»

Er wollte sie nicht sehen, nicht diesen rätselhaften Blick spüren, der ihm seit Stunden im Nacken brannte.

Das ‚Gemach' war ein karger Raum mit schmalem Fenster, einem massiven, unbequemen Bett, einem einfachen Tisch und einem Stuhl. Ein Kamin versprach kümmerliche Wärme.

Als die Wachen sie hineinstießen und die Tür verriegelten, blieb Aileen mitten im Raum stehen. Sie schüttelte den Umhang ab, der ihr zu Boden glitt. Das blasse Reisekleid wirkte hier, in der rauen Steinumgebung, wie eine groteske Kostümierung.

Ihr Haar war teilweise aus der Frisur gefallen und umrahmte ihr Gesicht in dunklen, ungeordneten Wellen. Sie sah aus wie eine verwilderte Dryade, in eine Falle gelockt.

Lachlan kam später, als die Burg zur Ruhe gekommen war. Er trug keinen Whisky, nur seine eigene, nagende Unruhe. Er schloss die Tür hinter sich und lehnte sich dagegen, die Arme vor der breiten Brust verschränkt. Aileen saß auf der Bettkante, die gefesselten Hände im Schoß.

Sie hatte nicht geweint.

Ihr Blick traf ihn sofort, unerschrocken, erwartungsvoll.

«Nun, Mylady», begann er, seine Stimme absichtlich tief und bedrohlich in der Stille des Raumes. «Ihr seid bemerkenswert gefasst für eine Frau in Eurer... Lage. Oder täuscht der Schein?» Er trat langsam vom Türbogen weg, ein Raubtier, das seinen Käfig abschreitet. «Thornfield hat Euch gut dressiert. Schweigen als beste Verteidigung? Oder hofft Ihr, Euer Papa schickt eine Armee, bevor ich mir nehme, was mir zusteht?» Die Provokation war roh, absichtlich erniedrigend.

Aileens Lippen verzogen sich zu einem flüchtigen, bitteren Lächeln, das nichts mit Amüsement zu tun hatte.

«Was Euch zusteht, MacTavish?» Ihre Stimme war heiser vom Schweigen, aber klar. «Die Demütigung meines Vaters? Die Zerstörung meiner Ehre? Oder glaubt Ihr, ein paar Tage in Eurem Turm werden mich brechen und ich flehe Euch an, mich zu… besitzen?» Das Wort hing scharf zwischen ihnen. Sie hatte es bewusst gewählt, eine direkte Herausforderung. Keine Spur von Scham oder Zittern, nur eine kühle, wütende Präzision.

Lachlan blieb stehen, weniger als zwei Schritte vor ihr. Ihr Mut – oder war es Verzweiflung? – elektrisierte ihn erneut.

«Vielleicht», sagte er leise, gefährlich leise. Sein Blick wanderte über ihr Gesicht, die schmalen Schultern, die sich unter dem dünnen Stoff abzeichneten, hinunter zu ihren gefesselten Händen. «Vielleicht ist es genau das, was ich will. Zu sehen, wie der Hochmut einer Thornfield zerbricht.»

Er hob die Hand, nicht um sie zu schlagen, sondern um eine lose Locke von ihrer Wange zu streifen. Seine Finger streiften dabei ihre Haut – kühler als erwartet, aber weich. Eine winzige Berührung, die dennoch wie ein Schlag in der Stille wirkte.

Sie zuckte nicht zurück. Sie erstarrte. Aber in ihren honigfarbenen Augen blitzte etwas auf, das nicht nur Wut war. Es war Alarm. Ein Funken echter, nackter Angst, vermischt mit etwas anderem, das Lachlan nicht einordnen konnte.

Widerstand? Verachtung? Oder... Erschütterung?

«Mein Hochmut, wie Ihr es nennt», entgegnete sie, ihr Atem ging etwas schneller, «ist das Einzige, was zwischen mir und Eurer Brutalität steht. Glaubt Ihr, ich würde Euch die Genugtuung geben, mich weinen zu sehen?»

Lachlans Finger blieben einen Augenblick länger als nötig nahe ihrer Schläfe. Der Lavendelduft war stärker hier, vermischt mit ihrer eigenen, unverfälschten Wärme. Es war verführerisch und irritierend zugleich.

Diese Frau sprach nicht wie eine verzogene Erbin. Sie sprach wie jemand, der den Wert von Worten und die Waffe der Selbstbeherrschung kannte.

«Brutalität», wiederholte er langsam. Ein Begriff, den er akzeptierte, sogar trug wie eine Rüstung.

Doch aus ihrem Mund klang es wie eine Anklage, die ihn seltsam traf. «Ihr wisst nichts von Brutalität, Lady Eleanor. Sonst würdet Ihr nicht so freimütig mit mir sprechen.»

Er ließ die Hand sinken, seine Finger kribbelten.

«Vielleicht weiß ich mehr, als Ihr denkt», murmelte sie, ihr Blick wich zum ersten Mal seit seinem Eintreten dem seinen. Sie fixierte den rauchenden Kamin, in dem ein paar klägliche Flämmchen kämpften. Es war ein winziger Moment der Schwäche, eine Pause in ihrer eisernen Verteidigung.

Lachlan nutzte es.

Er trat noch einen Schritt näher, sein Schatten fiel über sie.

«Zeigt es es mir», forderte er, seine Stimme ein tiefes, eindringliches

Raunen. Nicht laut, aber so dicht, dass sie es nicht ignorieren konnte.

«Zeigt mir diesen Hochmut, den Ihr beschützt. Fordert mich heraus. Beleidigt mich. Tut irgendetwas, was eine Thornfield tun würde!»

Seine Verwirrung schlug in Frustration um. Er wollte die erwartete Reaktion – den Zorn, die Tränen, die Anmaßung. Nicht dieses rätselhafte, stählerne Schweigen, das ihn faszinierte und wütend machte.

Aileen hob langsam den Kopf.

Die Angst in ihren Augen war verschwunden, ersetzt durch eine erschöpfte Entschlossenheit.

«Was erwartet Ihr?», fragte sie schlicht. «Dass ich Euch sage, mein Vater wird Euch hängen lassen? Dass die Krone Eure Burg dem Erdboden gleichmachen wird? Ihr wisst das bereits. Es würde Euch nicht beeindrucken. Es würde nur die Zeit vertreiben, bis Ihr beschließt, was Ihr mit mir tut.» Sie schüttelte leicht den Kopf, eine Geste voller bitterer Einsicht. «Nein, MacTavish. Ich werde Euch nicht das Schauspiel liefern, nach dem Ihr Euch sehnt. Wenn Ihr etwas von mir wollt… nehmt es. Aber erwartet nicht, dass ich Euch dabei helfe oder darum bitte.»

Ihre Worte trafen ihn wie ein physischer Schlag.

Nicht wegen der Drohung, sondern wegen der erschreckenden Klarheit.

Sie durchschaute ihn.

Sie sah seine Erwartungen, seine Taktik der Einschüchterung – und sie weigerte sich, mitzuspielen. Es war nicht der Trotz einer verwöhnten Lady, es war die kühle Analyse einer Frau, die in einer Welt der

Macht und Gewalt aufgewachsen war und ihre Regeln kannte.

Zu gut.

Lachlan starrte sie an.

Das schwache Feuerlicht malte flackernde Schatten auf ihr Gesicht, betonte die scharfe Linie ihres Kiefers, die Tiefe ihrer Augen. In diesem Moment wusste er es mit letzter Sicherheit: Dies war nicht Lady Eleanor Thornfield.

Die echte Eleanor wäre in Tränen ausgebrochen oder hätte ihn mit leeren Aristokraten-Drohungen überschüttet. Diese Frau war etwas anderes.

Etwas Gefährlicheres.

Und das Begehren, das plötzlich in ihm aufstieg, war scharf und unerwartet. Nicht nur der Wunsch, sie zu besitzen, sondern sie zu verstehen. Ihre Maske zu zerbrechen, um zu sehen, was dahinter lag.

«Wer seid Ihr?» Die Frage entfuhr ihm, rau und direkt, bevor er sie zurückhalten konnte.

Aileens Augen weiteten sich für einen winzigen Moment. Pure Überraschung. Dann glättete sich ihr Gesicht wieder zur undurchdringlichen Maske.

«Ihr habt mich entführt, MacTavish», sagte sie mit gespielter Gleichgültigkeit, aber ihr Blick war jetzt wachsam wie der eines gejagten Rehs. «Solltet Ihr nicht wissen, wen Ihr in Euren Turm gesperrt habt?»

Die Täuschung war im Gange. Aber sie war dünn. Und Lachlan, der Wolf, hatte die Fährte aufgenommen. Die falsche Braut hatte ihr erstes, entscheidendes Ziel erreicht: Zeit.

Doch das Spiel hatte sich gerade verändert.

Der Jäger war neugierig geworden.

Und Neugier, das wusste Lachlan instinktiv, war ein viel gefährlicheres Gefühl als einfacher Zorn oder Begierde.

Die Frage lastete schwer in der Luft. Wer bist du?

Aileens maskenhafte Ruhe bekam einen winzigen, kaum sichtbaren Riss. Ihre honigbraunen Augen flackerten, nicht mit Angst, sondern mit der scharfen Kalkulation einer Schachspielerin, die einen unerwarteten Zug abwehren muss. Sie presste die Lippen zusammen, ein schneller, nervöser Zug, bevor sie antwortete.

«Ihr wisst genau, wen Ihr hier habt, MacTavish», sagte sie, ihre Stimme bemüht gleichmütig, aber ein Hauch zu hoch, um echt zu klingen. «Lady Eleanor Thornfield. Die Tochter Eures Feindes. Euer Faustpfand.» Sie richtete sich noch ein Stück weiter auf, als könnte Haltung die Lüge tragen.

Lachlan lachte.

Es war kein fröhliches Lachen, sondern ein kurzer, harter Stoß von Luft, der in der Kälte des Turmgemachs dampfte.

«Nein», sagte er leise, sein Blick bohrte sich unerbittlich in sie. Er trat den letzten Schritt vor sie, so dass seine Stiefelspitzen fast ihr zusammengepresste Knie berührten. Die Hitze seines Körpers schlug ihr entgegen, ein Kontrast zur steinernen Kühle des Raumes.

«Die Lady Eleanor Thornfield hätte mich längst mit den Privilegien ihrer Geburt und der Gewissheit ihrer

Rache überschüttet. Sie hätte gezittert oder geflennt oder mich mit leeren Drohungen beschimpft. Ihr…» Seine Hand fuhr blitzschnell aus, nicht um sie zu schlagen, sondern um ihr Kinn erneut zu packen, fester diesmal, und ihr Gesicht unerbittlich zu seinem zu zwingen. «… Ihr schweigt. Ihr beobachtet. Ihr kämpft mit Worten, die schneiden, aber nicht schreien. Und Eure Augen…» Sein Daumen strich grob über ihre Unterlippe, eine Berührung, die ein elektrisches Zucken durch sie jagte. «… Eure Augen lügen nicht. Ihr verachtet mich. Aber Ihr fürchtet mich nicht so, wie eine verwöhnte Lady ihren Entführer fürchten sollte. Wer. Seid. Ihr?»

Kapitel 3

Aileens Atem ging stoßweise. Seine Nähe, sein Griff, die brutale Direktheit seiner Worte – sie durchbrachen ihre Verteidigung. Ein Funke echter Panik zuckte in ihren Augen auf. «Lasst mich los», zischte sie, ihr Körper spannte sich an wie eine geschnürte Bogensehne. Sie versuchte, den Kopf wegzureißen, aber seine Hand war wie Eisen.

«Nein», wiederholte er, noch leiser, noch gefährlicher. Sein Blick wanderte von ihren aufgerissenen Augen über die schmalen, gebogenen Brauen, die zarten Schatten unter ihren Wimpern, hinunter zu ihrem Mund, der sich unter seinem Daumen leicht öffnete.

Der Lavendelduft war schwächer jetzt, überlagert von ihrem eigenen, erregenden Geruch – Angst, Schweiß und etwas Unverfälschtem, Wildem.

Es betörte ihn.

«Sagt es mir. Oder ich finde es selbst heraus.» Die Drohung war nicht explizit, aber sie lag schwer in der Luft zwischen ihnen, verstärkt durch die Enge des Raumes, die Einsamkeit des Turms, die gebundenen Hände in ihrem Schoß.

«Ihr habt kein Recht…» begann sie, aber ihre Stimme brach.

«Recht?» Lachlans Mund verzog sich zu einem gefährlichen Lächeln. Seine andere Hand legte sich auf ihre Schulter, nicht um sie wegzustoßen, sondern um sie festzuhalten.

Ihr Körper zuckte unter seiner Berührung.

«Wir sind jenseits von Recht, wer auch immer Ihr sein mögt. Ihr seid in meiner Burg. In meiner Macht.» Sein Griff am Kinn lockerte sich leicht, sein Daumen strich erneut über ihre Lippe, langsamer diesmal, forschend. Die Haut war weich, unglaublich weich. Ein Stöhnen, halb Wut, halb etwas ganz anderem, entfuhr ihr.

«Euer Schweigen macht Euch nur interessanter», murmelte er, sein Gesicht näherte sich dem ihren. «Und verdammt nochmal, es macht mich verrückt.»

Die Distanz zwischen ihnen schmolz. Aileen konnte den rauen Stoff seines Leinenshemdes riechen, den Rauch, der in seinen Haaren hing, den scharfen, männlichen Geruch seiner Haut. Seine Augen, stahlgrau und stürmisch, hielten die ihren gefangen. Sie sah nicht mehr den kalten Clan-Chef, sondern eine primitive, überwältigende Begierde, die sie erschreckte und… unwiderstehlich anzog.

Ihre eigene Wut, ihre Angst, verwandelten sich in etwas Heißes, Fließendes in ihrem Unterleib. Ihr Widerstand erstarrte nicht aus Furcht, sondern aus einer plötzlichen, betäubenden Faszination.

«Nein», flüsterte sie, aber es klang kraftlos, eine letzte, formale Weigerung gegen das Unvermeidliche.

«Ja», widersprach er rau, sein Atem mischte sich mit ihrem. «Seit ich dich auf diesem Pferd vor mir gespürt habe… seit dein Blick mich durchbohrt hat, als wär ich Glas…»

Sein Mund senkte sich auf ihren.

Der Kuss war kein sanftes Sondieren. Es war eine Eroberung. Hart, fordernd, unerbittlich. Seine Lippen pressten sich gegen die ihren, seine Zunge drang ein, als er ihren leisen Schrei der Überraschung auffing. Aileen erstarrte für einen Herzschlag.

Dann, gegen allen Verstand, gegen alle Angst, gab sie nach. Nicht passiv, sondern mit einer plötzlichen, wilden Gegenwehr, die keine Ablehnung war, sondern eine Antwort. Ihre Lippen öffneten sich weiter, ihre Zunge begegnete der seinen – nicht unterwürfig, sondern gleichberechtigt herausfordernd.

Ein ersticktes Stöhnen entrang sich Lachlan, als sie in den Kuss einstieg, ihre gefesselten Hände hoben sich instinktiv, um gegen seine Brust zu stoßen, aber blieben dann dort liegen, nicht schiebend, sondern greifend, die grobe Leinwand seines

Hemdes in ihren Fingern verkrampft.

Es war wie ein Funke in trockenem Heidekraut. Die angestaute Spannung, die Verwirrung, die heimliche Faszination – sie entlud sich in dieser einen, alles verzehrenden Berührung. Lachlans Griff am Kinn wurde zu einer Hand, die sich in ihr Haar grub, sie näher zu sich zog. Seine andere Hand glitt von ihrer Schulter hinunter über den dünnen Damast ihres Kleides, folgte der Kurve ihrer Taille, ihres Rückens, bis zu ihrem Gesäß, das er grob an sich presste. Ihr Körper bog sich gegen den seinen, schlank, aber stark, und er spürte jede Linie, jede Kurve durch den Stoff hindurch. Ihr Atem ging in heißen, kurzen Stößen gegen seinen Mund.

«Wer bist du?», flüsterte er heiser zwischen Küssen, seine Zähne knabberten sanft an ihrer Unterlippe. Seine Hände waren jetzt überall – in ihrem Haar, auf ihrer Hüfte, eine tastete nach dem Schnürsenkel ihres Kleides an ihrer Taille. «Sag mir deinen Namen. Deinen wahren Namen.»

«Aileen», keuchte sie, bevor sie es zurückhalten konnte. Der Name entfuhr ihr wie ein Geständnis, getragen von einer Welle überwältigender, körperlicher Reaktion auf seine Berührungen. «Nur Aileen.» Die Lüge war zerstoben. Die Wahrheit war befreit – und mit ihr eine neue, ungezügelte Intensität.

«Aileen», wiederholte er tief, als kostete er den Namen. Es klang fremd und vertraut zugleich auf seiner Zunge.

Wilde Zufriedenheit blitzte in seinen Augen auf, vermischt mit einer noch tieferen Gier. «Nur Aileen.» Seine Finger lösten den Knoten des Schnürsenkels. Das Kleid lockerte sich.

Plötzlich zog sie den Kopf zurück, ihr Blick war klar, atemlos, aber entschlossen.

«Die Fesseln», flüsterte sie. «Bitte.»

Lachlan zögerte nur einen Moment. Dann griff er zum Dolch an seinem Gürtel. Ein schneller Schnitt, und die rauen Stricke fielen von ihren Handgelenken. Rote Abdrücke zeichneten sich auf ihrer Haut ab. Sie rieb sie instinktiv, ihre Augen nie von seinen lassend. Es war kein Zeichen der Schwäche, sondern der Befreiung.

Und dann war sie es, die sich vorbeugte. Sie legte ihre befreiten Hände auf seine Wangen, rau von

Stoppeln, und zog sein Gesicht zu sich herab. Ihr Kuss diesmal war genauso fordernd wie seiner. Ein Akt der Kapitulation und gleichzeitig der Machtübernahme. Ihre Zunge erforschte seinen Mund, ihre Zähne knabberten an seiner Unterlippe, ein leises, kehliges Geräusch der Lust kam aus ihrer Kehle. Ihre Hände glitten in sein Haar, zogen ihn fester an sich.

Lachlan stöhnte tief auf.

Die Kontrolle, die er so hartnäckig aufrechterhalten hatte, schmolz unter ihrer unerwarteten, leidenschaftlichen Gegenwehr dahin. Er hob sie hoch, so leicht, als wiege sie nichts, und trug sie die wenigen Schritte zum Bett. Das grobe Wolltuch und die Felle waren kalt unter ihrem Rücken, als er sie darauf legte, aber ihre Haut brannte.

Er kniete sich zwischen ihre Beine, sein Blick trank sie in – das geöffnete Kleid, das darunter sichtbare einfache Leinenhemdchen, das sich mit jedem hektischen Atemzug hob und senkte, die Röte auf ihren Wangen, die dunkle Weite ihrer Augen, die jetzt nur noch ihn sahen.

«Lachlan», flüsterte sie, sein Name auf ihren Lippen war das erotischste Geräusch, das er je gehört hatte. Es war eine Einladung, ein Befehl, ein Geständnis.

Er antwortete nicht mit Worten. Seine Hände schoben das Kleid und das Hemdchen hoch, enthüllten ihre schlanken Beine, die Rundung ihrer Hüften, den flachen Bauch, die kleinen, festen Brüste mit den dunklen, aufgerichteten Spitzen. Er beugte sich herab, seine Lippen fanden eine Brustwarze, saugten sie in den warmen Mund, saugten an ihr, bis sie einen scharfen Schrei ausstieß und sich ihm entgegenbog. Seine Hand glitt zwischen ihre Beine, durch das weiche, dunkle Haar, und fand die feuchte Hitze, die ihn erwartete. Sie war bereit. Mehr als bereit.

«Aileen», stieß er hervor, als seine Finger sie öffneten, die zarte, geschwollene Haut berührten. Ihr Körper zuckte krampfhaft, ein weiterer, keuchender Laut entfuhr ihr. Ihre Hände krallten sich in seine Schultern.

Es gab keine weitere Vorbereitung. Kein zögerndes Vorspiel. Die Spannung war zu hoch, das Verlangen zu elementar. Er öffnete die Schnalle seines Gürtels, schob Kilt und Leinen beiseite. Seine Begierde war hart, pulsierend gegen ihren Oberschenkel.

Er positionierte sich zwischen ihren gespreizten Schenkeln, sein Blick traf den ihren – eine letzte, stumme Frage, eine letzte Bestätigung.

In ihren Augen war keine Angst mehr. Nur Dunkelheit, Hitze und eine atemlose Erwartung. Sie nickte, kaum merklich, und hob ihre Hüften ihm entgegen.

Mit einem tiefen, rauen Stöhnen drang er in sie ein. Eng, unglaublich eng und heiß umschloss sie ihn. Ein kurzer Schmerzenslaut entfuhr Aileen, ihre Augen schlossen sich, ihre Nägel gruben sich in sein Fleisch.

Lachlan erstarrte, kämpfte um Kontrolle, während er sich an das überwältigende Gefühl gewöhnte, von ihr umschlossen zu sein. Dann, als sie sich unter ihm entspannte, ihre Muskeln ihn nicht mehr zurückdrängten, sondern willkommen hießen, begann er sich zu bewegen.

Langsam zuerst, tiefe, messende Stöße, die sie beide zum Stöhnen brachten. Dann schneller, härter, getrieben von einer Urgewalt, die weder Clan-Ehre noch Lügen noch Gefangenschaft kannte. Aileens Beine schlangen sich um seine Hüften, zogen ihn tiefer in sich hinein. Ihre Hände fuhren über seinen Rücken, fühlten die harten Muskeln unter seiner Haut, die Narben alter Kämpfe.

Sie antwortete auf jeden Stoß, bewegte sich mit ihm, fand einen Rhythmus, der sie höher und höher trieb.

Das knarrende Holz des Bettes, ihre vereinten Atemzüge, die erstickten

Schreie und tiefes Stöhnen – sie füllten den kalten Raum, verwandelten ihn in einen Ort roher, ungeschminkter Sinnlichkeit.

Lachlan vergaß alles - die Täuschung, den Baron, seine Pläne. Es gab nur noch sie. Aileen. Die Wärme ihres Körpers unter ihm, der Geschmack ihrer Haut auf seiner Zunge, der Klang ihres Namens, den er immer wieder heiser in ihren Hals flüsterte, wie ein Gebet.

«Aileen… Aileen…»

Ihre Spannung wuchs, kochte über in einem heftigen, zuckenden Höhepunkt, der sie schreiend in die Felle zurückwarf, ihre Muskeln sich krampfhaft um ihn schlossen.

Ihr Orgasmus riss ihn mit sich.

Mit einem letzten, tiefen Stoß, einem gutturalen Schrei, der eher einem Raubtier glich, entlud er sich in ihr, pulsierend, tief, ein Übergeben aller Kontrolle, aller Wut, aller Grenzen.

Schweigen folgte, schwer und satt, nur unterbrochen von ihrem hektischen Atem. Lachlan lag auf ihr, sein Gewicht auf den Ellenbogen gestützt, sein Gesicht in der Biegung ihres Halses vergraben. Er roch ihren Schweiß, vermischt mit dem wilden Thymian-Duft ihrer Haut und etwas Neuem, Intimem – ihr beider Vereinigung. Sein Herz hämmerte gegen ihren Brustkorb. Ihre Hände lagen jetzt sanft auf seinem Rücken, nicht mehr klammernd, sondern haltend.

Er hob langsam den Kopf. Ihr Blick traf den seinen.

Keine Maske mehr. Keine Lüge.

Nur Erschöpfung, Verwunderung und eine verletzliche Offenheit, die ihn tiefer traf als jedes Schwert.

Auf ihren Wangen glänzten Tränenspuren, nicht aus Schmerz, sondern aus überwältigender Intensität.

«Aileen», flüsterte er noch einmal, sein Daumen wischte eine Träne weg. Die Erkenntnis traf ihn mit der Wucht eines Keulenschlags: Es war nicht nur Lust.

Er wollte sie.

Nicht die imaginäre Lady Eleanor. Sie. Die schlagfertige Zofe mit den lügenden Augen und dem mutigen Herzen. Die Frau, die ihn unter dem Deckmantel einer anderen herausgefordert und bezwungen hatte.

«Ich sollte dich hassen», murmelte er, seine Stirn ruhte gegen ihre. «Für die Täuschung. Für die Gefahr, in die du mich gebracht hast.» Seine Hand strich über ihre Wange, eine Geste, die so zärtlich war, dass sie beide erschaudern ließ.

Sie sah ihn an, ihre Augen waren tiefe, dunkle Pools.

«Tust du das?» Ihre Stimme war rau vom Schreien.

Lachlan schloss einen Moment die Augen. Der Kampf in ihm war kurz, aber heftig. Clan-Ehre gegen diese neu entfachte, verwirrende Glut. Als er die Augen wieder öffnete, war die Entscheidung gefallen.

«Nein», gestand er rau. Es war ein Bruch mit allem, was er kannte. «Verdammt nochmal, nein. Ich will dich. Dich.»

Er küsste sie wieder, sanfter diesmal, ein Versprechen und eine Kapitulation in einem. Die falsche Braut war verschwunden. Zurück blieb eine Frau, die sein Herz in Stücke gerissen und neu zusammengesetzt hatte – und er hatte nicht einmal bemerkt, wann es passiert war.

Kapitel 4

Das kalte Morgenlicht fiel durch das schmale Fenster des Turmgemachs und malte Streifen über die verrutschten Felle, über Aileens schlafende Gestalt, die unter Lachlans schwerem Arm lag.

Ihr Gesicht war entspannt, die Spannung der Täuschung und der Angst endlich gewichen, ersetzt durch eine zerbrechliche Ruhe. Lachlan war wach. Er stützte den Kopf auf eine Hand und betrachtete sie. Die Erkenntnis der vergangenen Nacht brannte noch in ihm: Er liebte sie.

Diese schlagfertige, mutige Zofe, die es gewagt hatte, einen Clan-Chef zu hintergehen und ihn dann mit ihrer bloßen Existenz zu entwaffnen. Der Gedanke an Rache an Thornfield –

durch die Entehrung seiner vermeintlichen Tochter – fühlte sich plötzlich schal an, unrein.

Wie konnte er diese Frau, die jetzt vertrauensvoll in seinem Arm schlief, als bloßes Werkzeug der Demütigung benutzen?

Es war undenkbar geworden.

Seine Finger strichen sanft über eine Locke, die sich über ihre Schulter ringelte. Aileen. Ihr wahrer Name war ein kostbares Geheimnis, das nur er kannte. Aber es war nicht genug.

Er wollte mehr. Alles.

Und das bedeutete, den Kurs zu ändern. Radikal.

Ein leises Klopfen an der Tür riss ihn aus seinen Gedanken. Vorsichtig löste er sich aus der Umarmung, zog sein Leinenhemd über und öffnete. Brodie stand draußen, sein Gesicht

war grimmig, die Augen rotgerän-
dert von der Nachtwache und
unausgesprochenen Vorwürfen.

«Lachlan», murmelte Brodie, sein
Blick schweifte über die Schulter des
Chefs hinweg ins Zimmer, wo die
schlafende Form Aileens unter den
Fellen sichtbar war. «Die Männer…
sie reden. Sie haben gesehen, dass
du die Nacht hier verbracht hast. Sie
erwarten…» Er stockte, suchte nach
Worten. «Sie erwarten, dass die
Demütigung Thornfields bald
öffentlich wird. Dass wir Druck aus-
üben.»

Lachlan trat in den Flur und schloss
leise die Tür hinter sich. Der kalte
Steinboden unter seinen nackten
Füßen schärfte seine Sinne.

«Erwartungen ändern sich, Brodie»,
sagte er ruhig, aber mit einer End-

gültigkeit, die seinen Vertrauten aufhorchen ließ.

Brodies Augen weiteten sich.

«Ändern? Lachlan, das war der Plan!
Wir haben sie entführt, riskiert einen
Krieg mit den Engländern und ihren
Verbündeten, um Thornfield in die
Knie zu zwingen! Und jetzt…?»

Seine Hand deutete grob zur Tür.

«Und jetzt habe ich etwas Wertvolle-
res gefunden als eine leere Demütigung», unterbrach Lachlan ihn
scharf. Sein Blick war eisern. «Die
Frau dort drin ist nicht Lady Eleanor
Thornfield. Sie ist Aileen, ihre Zofe.»

Brodie starrte ihn an, als hätte er den
Verstand verloren. «Eine Zofe? Du
riskierst den Zorn eines ganzen
Clans und den Krieg mit England
für eine Magd? Und du hast…?» Er
konnte den Satz nicht beenden, die
Implikation war zu absurd.

«Ich liebe sie, Brodie.»

Die Worte waren einfach, klar und ließen keinen Raum für Diskussion. Sie klangen fremd aus Lachlans Mund, aber wahr.

«Sie wird meine Frau. Meine echte Braut. Nicht Thornfields Tochter.»

Die Stille, die folgte, war dick genug, um sie zu ersticken. Brodie war blass geworden. «Und Thornfield? Der Krieg ist dann unvermeidlich!»

«Vielleicht nicht.»

Die leise Stimme kam von der Tür. Aileen stand dort, in das zerschnittene Reisekleid gehüllt, das sie notdürftig zusammengehalten hatte. Ihr Haar war wild, ihre Augen waren klar und wach, ohne Scham, nur mit einer tiefen Entschlossenheit.

Sie hatte alles gehört.

«Lady?» Brodie stammelte, verwirrt von ihrer Präsenz und ihrem direkten Blick.

«Aileen», korrigierte sie sanft, aber bestimmt.

Sie trat näher zu Lachlan, nicht unterwürfig, sondern an seiner Seite. Ihre Hand suchte instinktiv seine, und er schloss seine Finger fest um ihre. Diese einfache Geste der Verbundenheit sprach Bände.

«Brodie hat recht, Lachlan. Mein… Lord Thornfield wird dies als Kriegsgrund nehmen. Aber was, wenn wir ihm etwas anbieten, das er mehr fürchtet als die Demütigung, seine Tochter verloren zu haben?»

Lachlan sah sie an, eine Frage in den Augen.

«Was meinst du?»

Ein kühles, fast berechnendes Lächeln spielte um Aileens Lippen.

Jahre des Dienstes, des Beobachtens, des Überlebens in der Welt der Mächtigen hatten sie gelehrt, wo die wahren Schwächen lagen.

«Thornfield ist nicht nur arrogant, Lachlan. Er ist gierig. Und er hat Angst vor dem Herzog, den Eleanor heiraten soll. Der Herzog ist alt, krank, aber enorm reich und einflussreich. Thornfields gesamte geplante Macht basiert auf dieser Allianz.» Sie hielt inne, ließ die Worte wirken. «Ich war mehr als nur eine Zofe. Ich war Eleanors Vertraute. Ich habe Briefe gesehen. Dokumente. Thornfield hat dem Herzog bei den Verhandlungen über die Mitgift betrogen. Er hat Ländereien und Einkünfte versprochen, die ihm nicht gehören – Ländereien, die euch gehören, Lachlan. Die

Weidegründe, um die es in seinem letzten Schreiben ging.»

Lachlans Atem stockte. Brodie stieß einen leisen Fluch aus.

«Beweise?», fragte Lachlan heiser. «Hast du Beweise, Aileen?»

«Keine physischen», gab sie zu. «Aber ich kenne die genauen Parzellen, die er dem Herzog in der Urkunde zugesprochen hat – es sind die östlichen Weiden am Loch Morar, die seit Generationen den MacTavishs gehören. Und ich kenne den Namen des Notars in Edinburgh, der die falsche Urkunde aufgesetzt hat. Ein Mann, der... überzeugt werden kann, die Wahrheit zu sagen, wenn der Druck groß genug ist.» Ihr Blick war scharf. «Stellt Euch sich vor, Thornfield wird nicht nur mit dem Scheitern der Hochzeit konfrontiert, sondern auch mit dem

Vorwurf des Betrugs an einem Herzog des englischen Königshauses. Sein Ruf wäre zerstört. Seine Ambitionen vernichtet. Der Herzog selbst würde ihn zerreißen lassen.»

Ein langsames, furchteinflößendes Lächeln breitete sich auf Lachlans Gesicht aus. Es war nicht das Lächeln des Rächers, sondern das eines Strategen, der einen unerwarteten, vernichtenden Zug erkannte.

«Frieden durch Erpressung», murmelte er. «Aber nicht unsere Erpressung. Wir geben ihm eine Wahl: Er akzeptiert, dass seine Tochter sicher in Edinburgh ist – was sie ist, wir haben sie nie berührt – und dass ich stattdessen dich heirate. Er schweigt über die ganze Angelegenheit. Und im Gegenzug...» Er sah Aileen an. «... im Gegenzug schweigen wir über seinen Betrug. Für jetzt. Wir halten das Schwert des Wissens über ihm. Ein dauerhafter Waffenstillstand, der auf seiner Angst vor Entlarvung basiert.»

«Und die Weiden?», fragte Brodie hoffnungsvoll.

«Die Weiden bleiben unser», sagte Lachlan entschieden. «Das ist nicht verhandelbar. Aber wir schicken ihm ein Dokument, das seine angeblichen Rechte darauf anerkennt... ein Dokument, das wir jederzeit durch Aileens Aussage und die des Notars als auf Betrug basierend entlarven können. Er wird nicht riskieren, es jemals einzufordern. Er wird froh sein, wenn wir schweigen.»

Es war genial. Gefährlich, aber genial.

Es ersparte Blutvergießen und sicherte Lachlan das, was er jetzt am meisten wollte: Aileen an seiner Seite, legitim und sicher. Und es gab dem Clan Sicherheit und sein Land zurück – durch kluge Diplomatie statt durch Krieg.

Brodie atmete tief aus, ein Lächeln erhellte sein grimmiges Gesicht.

«Das… das könnte funktionieren, Lachlan. Verdammt, das könnte sogar besser funktionieren als der ursprüngliche Plan! Du bekommst deine Braut und dein Land.» Er warf Aileen einen respektvollen Blick zu. «Und du, Lady Aileen… du hast den Verstand einer Clan-Chefin.»

Aileen errötete leicht, aber ihr Blick blieb fest.

«Ich will nur Frieden, Brodie. Und…» Sie sah zu Lachlan hoch, ihre Augen strahlten. «… ein Zuhause.»

Kapitel 5

Zwei Wochen später geschah das Unvorstellbare in der großen Halle von Torvaig Castle. Nicht unter Zwang, nicht im Geheimen, sondern vor den versammelten Ältesten des Clans MacTavish und einigen ausgewählten, vertrauenswürdigen Nachbarn. Die Halle war mit frischem Heidekraut und Tannenzweigen geschmückt, Fackeln warfen flackerndes Licht auf die steinernen Wände.

Aileen stand vor dem alten Clan-Priester, nicht in englischem Damast, sondern in einem einfachen, aber kostbaren Kleid aus tiefgrünem Wollstoff, geschmückt mit feiner keltischer Stickerei in Silberfaden – ein Geschenk der Clan-

Frauen, die sie trotz ihrer Herkunft schnell als diejenige erkannt hatten, die ihren ungestümen Chef besänftigt hatte. Ihr Haar war offen, nur mit einem Band aus MacTavish-Tartan gebändigt.

Lachlan, in vollem kriegerischem Tartan, das Schwert an der Seite, aber ohne Wappenrock, stand neben ihr. Seine Augen hingen an ihr, voller Stolz und einer unverhüllten Zärtlichkeit, die die Anwesenden verstummen ließ.

Niemand hatte den Wolf der Highlands je so blicken sehen.

Der Priester sprach die alten gälischen Worte der Bindung.

Als Lachlan den traditionellen Satz sprach: «Ich nehme diese Frau als meine Gefährtin, bis der Tod uns scheidet», war seine Stimme fest und trug durch die Halle.

Aileens Antwort: «Ich nehme diesen Mann als meinen Gefährten, bis der Tod uns scheidet» war klar und ohne Zögern.

Es folgte nicht der übliche, eher zeremonielle Kuss. Lachlan zog sie in seine Arme und küsste sie mit einer Leidenschaft und Inbrunst, die keinen Zweifel daran ließ, dass dies keine politische Heirat, sondern eine Vereinigung des Herzens war. Ein Raunen des Erstaunens, dann lauter Jubel und das Schlagen von Schilden erfüllte die Halle.

«MacTavish! Aileen! Slàinte mhòr!»

Später, in der Stille ihrer nun gemeinsamen Kammer – kein karger Turmraum mehr, sondern das Gemach des Clan-Chefs mit Blick auf die mondbeschienenen Berge –, standen sie am Fenster. Aileens

Rücken lehnte an Lachlans Brust, seine Arme um sie geschlungen.

«Es ist vorbei», flüsterte sie. «Wirklich vorbei?»

Lachlan drückte sie fester.

«Der Kampf um das Land? Ja. Thornfield hat geschwiegen. Das Dokument mit der angeblichen Anerkennung seiner Rechte ist in seinem Besitz – und unser Wissen über seinen Betrug ist unser Schwert des Friedens.» Er küsste ihre Schläfe. «Der Kampf um mein Herz?» Ein tiefes, zufriedenes Lächeln lag in seiner Stimme. «Den hast du gewonnen, mo chridhe. Ohne Kampf. Einfach, indem du einfach du warst, obwohl du vorgegeben hast, eine andere zu sein.»

Er drehte sie zu sich und küsste sie wieder, sanfter jetzt, aber nicht weniger intensiv.

Die Leidenschaft der ersten Nacht war noch da, ein glühender Untergrund, aber überlagert von einer tiefen Zärtlichkeit und dem sicheren Wissen der Zugehörigkeit. Ihre Hände fanden sich, ihre Körper erinnerten sich an die vertraute Topographie der Lust, aber diesmal ohne Dringlichkeit der Angst oder der Täuschung.

Es war eine Erkundung, eine Feier. Lachlans Lippen folgten der Linie ihres Halses hinab, seine Hände lösten die Schnüre ihres Kleides mit geduldiger Hingabe. Aileens Seufzer mischten sich mit dem Knistern des Feuers im Kamin. Sie führte seine Hand zu ihrer Brust, wo ihr Herz unter seiner Berührung schneller schlug.

Als er sie zum Bett trug, war es nicht wie in der Nacht der Entdeckung. Es war langsam, absichtsvoll, voller stummer Versprechen.

Sie liebten sich im flackernden Feuerschein, nicht als Entführer und Gefangene, nicht als Clan-Chef und Zofe, sondern als Lachlan und Aileen. Mann und Frau. Gleichberechtigte Gefährten. Die Wellen der Lust bauten sich langsam auf, tief und sättigend, und entluden sich in einem gemeinsamen, stummen Beben der Ekstase, das mehr war als körperliche Befreiung – es war eine Verschmelzung, eine Bestätigung des gewählten Weges.

Später, eng verschlungen unter den schweren Decken, den Atem noch immer unregelmäßig, strich Lachlan über Aileens Arm. «Morgen», sagte er leise, «lasse ich den Schmied kommen. Er soll ein neues Tor für Torvaig schmieden.»

Aileen hob fragend den Kopf.

Lachlans Augen funkelten im Dunkeln. «Ein Tor ohne Riegel auf dieser Seite. Ein Tor, das immer offen steht für dich. Du bist keine Gefangene mehr, Aileen. Du bist die Herrin dieser Burg. Mein Herz. Meine wahre Braut.» Er küsste ihre Hand. «Geh, wohin du willst. Ich weiß, dass du zurückkommst.»

In diesem Moment, an seiner Seite, in der Festung, die einst ihr Gefängnis war, wusste Aileen, dass sie ihren Platz gefunden hatte. Nicht als Dienerin, nicht als falsche Braut, sondern als geliebte Frau und Partnerin.

Die Rache war begraben, ersetzt durch einen klugen Frieden und eine Liebe, die stärker war als alle Grenzen zwischen Clans oder Nationen.

Sie schmiegte sich enger an ihn. Draußen heulte der Wind über die Highlands, aber hier, in den Armen des Wolfes, war sie endlich zu Hause.

Epilog

Der Herbstwind fegte über Loch Morar und trug goldene und feuer- rote Blätter wie kostbare Münzen über das Wasser. Auf den östlichen Weiden, um die einst so erbittert gestritten worden war, grasten fried- lich die schottischen Rinder des Clans MacTavish – und ein paar stämmige englische Shorthorn- Rinder, ein Zeichen des neuen, vor- sichtigen Handels mit den südlichen Nachbarn.

Auf den Zinnen von Torvaig Castle stand Aileen MacTavish, wie sie nun mit stolzer Selbstverständlichkeit genannt wurde.

Nicht mehr die falsche Braut, son- dern die unbestrittene Herrin der Burg. In ihren Armen hielt sie ein

kleines, quietschendes Bündel: Lachlan Ruadh MacTavish, genannt «Rory», einen Monat alt, mit einem
Schopf dunkler Locken und Augen,
die versprachen, eines Tages so stür-
mischgrau wie die seines Vaters zu
werden.

Der Wind blies Aileen eine lose
Strähne ins Gesicht, aber ihre Hände
waren voll. Bevor sie reagieren
konnte, legte sich eine große, warme
Hand auf ihre Schulter.

«Er wird dir gleich den ganzen Kopf
voller Blätter pusten, mo ghràidh»,
brummte Lachlan hinter ihr. Sanft
strich er die Strähne zurück, seine
Finger verweilten einen Moment an
ihrer Schläfe.

Die Härte in seinen Zügen war nicht
verschwunden, aber sie war nun
überlagert von einer tiefen Zufrie-

denheit und einer Zärtlichkeit, die nur sie und Rory zu sehen bekamen.

Er blickte auf seinen Sohn, und ein unwillkürliches, raues Lächeln erschien auf seinem Gesicht. «Hat er schon wieder gebrüllt wie ein gestochener Eber?»

Aileen lachte, ein warmer, freier Klang.

«Nur, weil er Hunger hat. Anders als sein Vater ist er sehr direkt mit seinen Forderungen.» Sie lehnte sich gegen ihn, spürte die vertraute Stärke und Wärme seines Körpers, der sie und ihren Sohn vor dem Wind schützte. «Und wie lief das Treffen mit den MacLeods?»

Lachlan schnaubte.

«Alastair MacLeod schnaubt immer noch wie ein alter Stier, wenn er unsere englischen Rinder sieht. Aber selbst er kann nicht leugnen, dass die fetten Shorthorns doppelt so viel bringen wie unsere zähen Hochlandrinder auf dem Markt in Edinburgh. Und dass Thornfields Schweigen… und seine Furcht vor dem Herzog… uns Frieden gebracht hat.» Er zog sie enger an sich. «Deine List, Aileen. Sie hat nicht nur mein Herz gerettet, sondern auch das Land.»

Unten im Burghof war Leben. Brodie dirigierte einige junge Männer beim Training, sein Lachen hallte über den Hof. Frauen webten Wolle in einem überdachten Bereich, plauderten und warfen ab und zu bewundernde Blicke zu Aileen auf die Zinnen.

Es war nicht mehr nur eine Festung der Krieger, sondern ein lebendiges Zuhause.

Aileens Einfluss war überall sichtbar: in der neu eingerichteten kleinen Krankenstube, in den Vorratskammern, die nun besser organisiert waren, und vor allem in der Atmosphäre.

Sie hatte Respekt gewonnen, nicht durch Geburt, sondern durch Klugheit, Güte und ihren unbeugsamen Willen, Lachlans harten Clan zu einem Ort des Zusammenhalts zu machen.

«Sieh nur», flüsterte Aileen und deutete mit dem Kinn nach unten.

Am Fuße des Berges, wo der Weg vom Loch heraufführte, stand das neue Tor. Schmiedeeisen, schwer und kunstvoll geformt mit verschlungenen keltischen Knoten und dem Kopf eines Wolfes in der Mitte – Lachlans Wappentier.

Und wie versprochen: Kein Riegel auf der Innenseite. Es stand weit offen, einladend, ein Symbol des Vertrauens und der Freiheit, das sie nie zu nutzen brauchte, um zu fliehen, sondern um Besucher willkommen zu heißen oder einfach in die weite Welt der Highlands hinauszuschauen.

«Es steht immer offen», murmelte Lachlan, seine Lippen berührten ihre Schläfe. «Für dich. Für immer.»

Ein Diener näherte sich respektvoll.

«Ein Bote, Mylady. Aus Edinburgh.» Er reichte Aileen ein versiegeltes Pergament.

Sie löste sich sanft aus Lachlans Arm, reichte ihm Rory, der prompt protestierend murmelte, und brach das Siegel.

Sie überflog die Zeilen, ein leichtes, kühles Lächeln spielte um ihre Lippen.

«Von Lady Eleanor», sagte sie zu Lachlan.

Er hob eine Augenbraue. «Und? Schreibt sie Drohungen? Bitten?»

«Weder noch.» Aileen faltete den Brief wieder zusammen. «Sie teilt mir mit, dass sie nun mit einem jungen, ziemlich gutaussehenden Earl verheiratet ist. Der alte Herzog ist vor einem halben Jahr gestorben... ohne jemals von Thornfields Betrug an den Ländereien erfahren zu haben.» Sie sah Lachlan an. «Sie dankt mir. Dafür, dass ich sie ,damals vor einem schrecklichen Schicksal bewahrt habe', wie sie schreibt. Und sie hofft, dass ich in meiner ,wilden Hochburg' glücklich bin.»

Lachlan lachte, ein tiefes, echtes Lachen, das Rory auf seinen Armen aufhorchen ließ.

«Glücklich? Sag ihr, die ‚wilde Hochburg' blüht wie nie zuvor. Und ihre falsche Braut hat den Wolf der Highlands gezähmt… und glücklich gemacht.»